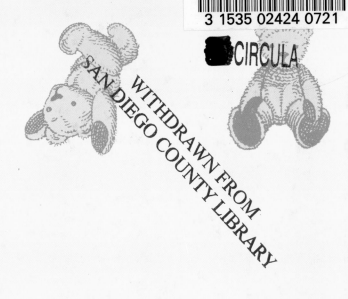

Ian Beck

Perdido en la nieve

Editorial Juventud

Para Lily

Los ositos viven felices y tranquilos, ¿a que sí?

Título original: LOST IN THE SNOW
Edición original publicada por
Scholastic Ltd., Londres, 1998
© Ilustraciones y texto: Ian Beck, 1998
© EDITORIAL JUVENTUD, S.A., 1998
Provença, 101 - Barcelona 08029
Traducción de Christiane Scheurer
Primera edición, 1998
Depósito legal: B. 46.797-1998
ISBN 84-261-3103-4
Núm. de edición de E. J.: 9.614
Impreso en España - Printed in Spain
Carvigraf- c/ Cot, 31- 08291 Ripollet (Barcelona)

Había nevado toda la noche y el mundo estaba
blanco. Lily y Osito miraban por la ventana.
"Salgamos a jugar."

"Abrígate bien –dijo Mamá–. Será mejor que Osito
se quede en casa; no queremos perderlo, ¿verdad?"

"¡Pobre Osito!" Lily le puso una bufanda y lo sentó
en el alféizar de la ventana para que pudiera ver
la nieve. "Cuídate", le dijo.

Antes de salir, Mamá cerró la ventana de un golpe.
No vio que Osito estaba sentado allí fuera.

¡Uuupa! Osito salió disparado y voló por los aires.

Resbaló por el tejado.
¡Boing! Rebotó sobre la cuerda helada de tender
la ropa...

y voló por encima de las casas y de los árboles,

hasta que aterrizó –¡pum!– de cabeza en un montón
de nieve.

Osito se quitó la nieve de encima y se levantó.

Aspiró hondo aquel maravilloso aire fresco.
Empezó a observar a su alrededor, pero sus patas
resbalaron sobre una tabla de madera.

Perdió el equilibrio y cayó deslizándose colina abajo.

Era tan divertido esquiar con la tabla,
que saltaba una y otra vez.

Hasta que acabó cabeza abajo contra un árbol
en un campo de nieve blanda.

Le gustaba pisar fuerte para oír cómo crujía
la nieve. Y dejaba unas huellas muy profundas.

Después decidió hacer un gran oso de nieve,
y cuando acabó le regaló su cálida bufanda.

Vio un estanque helado que le pareció ideal
para patinar. Corrió a toda velocidad y…

¡Yuuu… uuu… ju…!

... lo cruzó patinando.

Y se cayó. Quedó tendido boca abajo sobre la nieve.

Cuando se levantó, tenía las patas heladas.
Se sintió perdido y solo. Volvía a nevar.

Soplaba un viento gélido y nevaba cada vez más.
Osito empezó a caminar hacia casa.

Pero estaba perdido en la nieve.

Después de un tiempo que a él le pareció muy largo, oyó una voz bondadosa: "Sube, y te llevaré a casa".

Osito se acurrucó debajo de una manta calentita
sobre un veloz trineo.

Al poco rato, Osito se encontró de nuevo sano y salvo
en el alféizar de la ventana de su casa.
"Debo irme –dijo la voz–. Tengo mucho que hacer."

Lily se llevó a Osito para dentro. Hacía mucho frío.
"Ven –dijo–, vamos a calentarnos."

"Te perdiste un día muy divertido, Osito —dijo Lily—;
pero ahora ya tenemos que ir a la cama."

Lily abrazó a Osito. "Esta noche es muy especial",
musitó.

Buenas noches, Lily. Dos besitos.
Buenas noches, Osito. Felices sueños.
Pero nosotros sabemos lo que ha pasado, ¿a que sí?